인생의 숙제

인생의 숙제

글 · 그림 백원달

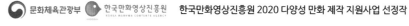

문화체육관광부 한국만화영상진흥원 한국만화영상진흥원 2020 다양성 만화 제작 지원사업 선정작

FIKA

차례
☆

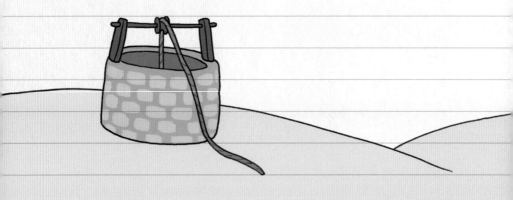

☆ 어린 왕자에게

사막이 아름다운 건
어딘가 우물을 숨기고 있기 때문이야

삶이 아름다운 건
내 안에 우물을 숨기고 있기 때문이야

삶을 아름답게 하는 건
보이지 않는 것이야

비록 그 우물이

텅

비어 있을지라도

좋아하는 것을 잊어버렸다 ☆

1화 ☆

깜깜하다.

고장 난 가로등은
오늘도 꺼져 있다.

피곤해.

끼익

내 이름은 박유나,
나이는 서른셋.

벌써
아홉 시네.

때때로 생각한다.

하루는 24시간인데

호로록

나만을 위한 시간은
고작 4시간 남짓.

달그락

달그락

그마저도 이것저것 하다 보면

11시….

24분의 1은
너무하잖아~

24분의 1의 시간이라도
재미있게 보내고 싶은데

아무것도
하고 싶지 않아.

할 것도 없고.

꼼지락

꼼지락

불 꺼진 이불 속에서
습관처럼 SNS를 열고

화면을 빠르게 내리며
공감 버튼을 누른다.

읽지는 않는다.

하루에
수십, 수백 개씩
올라오니까

읽어도 어차피
다 까먹더라.

그러다 스르륵 잠이 든다.

다음 날

배고파.

수년째 다니는 마케팅 회사 총무팀,
오늘도 어김없이 출근했다.

배고파.

탕비실에
과자 같은 게
있으려나?

가봐야겠…

박유나 주임!

네!

오늘은
일이 좀 많긴 한데
오전 중으로
끝내도록 해.

네….

오늘'은'이
아니잖아요.

나는 매일 격무에 시달리고

배는 고프고
일은 많고
시간은 없고.

13

때때로…

박유나 주임!

상사에게 혼나기도 한다.

오전 중으로 끝내라고 했는데

지금 몇 시인 줄 알아?

차라리 놀이터에서 놀고 있는 초등학생 데려와서 일 시키는 게 더 낫겠어.

점심도 못 먹었는데….

미칠 듯이 배가 고팠다.

죄송합니다.

배에 힘을 꽉 주고 있었다.

힘을 빼면
꼬르륵 소리가
엄청 크게
날 것 같아.

조금만 더
참으면 돼.

수군

수군

수군

휴우….

다행히 꼬르륵 소리 안 났네.

박유나 주임—

탕비실?

최미경(36)

자, 샌드위치—

16

점심
못 먹었잖아.

옆자리에서 일하는 최미경 대리님은
나를 잘 챙겨주신다.

감사합니다….

그 많은 일을
오늘 안에 다 끝낸 걸
칭찬은 못 해줄망정…

우물
우물

원래부터
까칠한 거로
유명했지만

요즘
정도가 부쩍
심해졌다니까?

타
타다

들자 하니 홍진숙 팀장,

최근에 소개팅이니 선이니 다 파투 났대.

나이 때문에—

근질~
근질~

우리한테 히스테리 부리나 봐.

후 비 적

홍진숙(40)

...

우물 우물

박유나 주임, 울어?

휙

꿀꺽

너무 맛있어서

정신없이 먹고 있었어요.

깜깜하다.

피곤해.

나 또 SNS
보고 있네.

읽지도
않으면서…

졸리다….

의미 없이 흘러가는 화면처럼

나의 시간도 그렇게

흘러가는 걸까?

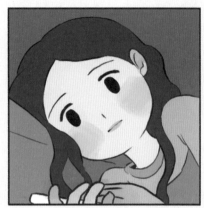

그러고 싶진
않은데.

하지만
뭘 해야 할지
모르겠어.

너무 맛있어서 정신없이 먹고 있었어요.

사실은 아까…
울고 싶었지.

참고 살아야 한다길래 참고만 살았더니

이제는 내가 좋아하는 게 뭔지도 잊어버렸어.

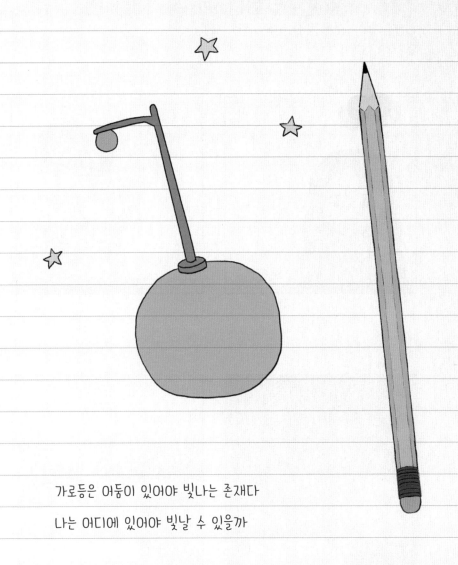

가로등은 어둠이 있어야 빛나는 존재다

나는 어디에 있어야 빛날 수 있을까

☆ 불 꺼진 가로등

나도 모르는 내 미래를 아는 사람들 ☆

2화

내가 좋아하는 게 뭘까?

너 양꼬치 좋아하잖아.

김철민(33)

톡 톡

지글

지글

맞네.

내가 다 알지.

철민이와 만난 지는 3년 정도 됐다.

우리 첫 데이트 때 난생처음 양꼬치 먹었잖아.

24
☆

그때 너무 맛있어서

삼시 세끼 양꼬치를 먹을 정도로 돈을 벌고 싶다고 생각했었어.

알아, 그 얘기 양꼬치 먹을 때마다 하잖아.

툭툭툭

…

툭툭

2주 만에 얼굴 보는데 핸드폰 좀 치우지?

너는 내가 좋아하는 걸 항상 부정적으로 말해.

뭐?

부정적인 건 너도 똑같거든?

좋아하는 것만 하는 사람은 돈 많은 백수뿐일걸.

유나 넌 너무 예민해.

내가 예민하다고?

너야말로—

유나야,

내가 뭐 포장해왔게?

양꼬치 너무 맛있어!

고마워.

변했으면서.

유나야, 그나저나…

다음 주 주말에
부모님이랑
외식하기로 했는데
같이 가자.

뭐?!

난 아직
마음의 준비가….

상견례도 아니고
밥만 먹는 건데 뭘.

만난 지 3년인데
이미 예전에
인사드렸어야 맞지.

우리 벌써
서른셋이야.

에춰!

춥다.

서울 올라온 지도 어느덧 11년.

양꼬치를 매일 먹기는커녕-

난방비 무서워서
보일러도 제대로 못 때고 있다.

서울살이
팍팍해.

☆

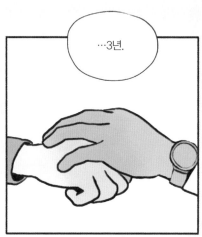

…3년.

서른 살이었던 우리가

서른세 살이 되어버린 시간.

가야…겠지?

가야겠지…?

탁 탁 탁

스물세 살 때 만난
남자친구 집에 간 적이 있었다.

너무 맛있게
먹었습니다!

잘 먹으니까
예쁘네~

아줌마가 설거지할 테니까 TV 보면서 놀아라.

-라고 하셔서 진짜로 TV만 실컷 보다 돌아왔었지.

아무 생각 없던 시절이네.

북적 북적

서른세 살에 남자친구 부모님을 만나는 건

10년 전과는 완전히 다른 기분이야.

33
☆

가는 순간,
브레이크 고장 난 폭주 기관차처럼

부우우웅

돌이킬 수 없을 것만 같다.

초대해주셔서
감사합니다.

우리야말로
와줘서 고맙지.

유나 양,
많이 먹어요.

양고기 스테이크가
입에 맞을지
모르겠네.

엄마, 쟤
양고기 완전
환장해ㅋㅋ

환장하는 건 맞지만…

지금은 입으로 먹는지 코로 먹는지 모르겠거든?

그래, 유나 양은 무슨 일 한다고?

아, 마케팅 회사에 다니고 있어요.

광고 같은 거 만드는 일인가? 멋지네!

아… 그런 회사는 맞는데 저는 총무팀이라서요,

문서 작성하거나 비품, 급여 관리 같은 업무 맡고 있어요.

흠, 알 듯 말 듯 하네.

뭐, 그냥―

35

회사 잡일 하는 거지.

잡일?

잡일이 뭐니~ 말이 너무 심하다, 아들~

장난이야, 장난~

하 하 하

음... 아무튼 여러 가지 다 할 수 있는 것 같아서 좋네.

그래야 몇 년 쉬고도 다시 일하기 쉽지.

애 낳으면
몇 년은
일 못 하잖아.

애 혼자는 외로워.

둘은 낳아야지.

엄마, 요새는
낳은 지 1년도 안 돼서
다시 일해요.

…여기 있는 사람들은

나도 모르는 나의 미래를
이미 다 알고 있다.

잘 먹고 나서
왜 또 삐져 있는데?

...

아까
왜 그랬어?

잡일 한다고….

장난친 거라고
했잖아.

기분 나빴으면
미안해.

불쾌한 감정의
근본적인
원인은

모멸감.

가벼운 말속에는
무의식적인 '무시'가
숨어 있었다.

잡일이나
하는―

회사에
있으나 마나 한―

돈도
못 버는―

단칸방에
사는―

능력 없는
사람.

인정하기 싫지만
인정할 수밖에 없는

아니,
사실 나도
뼈저리게 알고 있었던-

마치
알몸을 들켜버린 것 같은
그런 기분.

삼시 세끼 양꼬치를 먹을 정도로
돈을 벌고 있었다면-

오히려
가볍게 웃으며
흘려버렸으려나.

그래도 부모님 만나서 식사한 거 재미있었지?

응.

풀썩

재미없어….

가볍게 던지는 말속에
나에 대한 무시가 숨어 있을 때가 있다.

가볍게 웃는 분위기를 흐리고 싶지 않아
흘려들으려 해도

이상하리만큼
가슴에 깊은 잔상이 남는다.

☆ 외로운 자유부인

3화

월말이라 업무가 많이 밀렸으니 신속, 정확, 꼼꼼하게 진행하도록.

네!

그리고 박유나 주임!

네?

이번에는 제때 못 끝내면

너 대신 진짜로 초등학생 쓸 테니까 알아서 해!

네….

홍진숙 팀장은 말이야,

잘한 사람한테는 잘했다는 말 한마디를 아까워하면서

쪼끄마한 실수 한 번만 하면 몇 달을 꼬투리 잡고 늘어진다니까!

아주 살 떨려서 피부에 닭살이 돋았다고~ 이렇게!

그건 튀김 껍질...

꼬투리 잡힌 건 전데 미경 대리님이 더 화나신 것 같아요.

당연히 열 받지!

나한테
안 그랬어도
내가 좋아하는
유나 주임한테
그러잖아.

미경 대리님….

찌잉

두고 봐.

퇴사할 때
홍 팀장이
뭘 잘못했는지
전부 말하고
나갈 테니까!

나는 그저 미소 짓는다.

저 퇴사할 때

홍 팀장 자리 확 엎어버린 다음에~

홍 팀장 주특기 삿대질하면서

너 때문에 '홍' 자 들어가는 게 다 싫어졌다!

-라고 말하고 퇴사할 거예요.

진짜 진짜 진심이에요.

진정해…

회사 다니는 동안 가장 많이 들었던 말이었거든.

홀짝

하지만 진짜로 그렇게 말하고
퇴사한 사람은 없었다.

홍 팀장님,
그동안 너~무
감사했습니다.

이건 선물이에요.

블랜딩한
홍차 세트인데,
여자한테 좋대요.

멍청한 줄로만
알았더니
뭘 좀 아는구나?

'홍' 자 들어가는 건
다 싫다더니.

원수질 거 아니면
좋게좋게 끝내는 게
여러모로 좋겠지.

그래도 매일 밤마다
빨간펜으로 이름 쓸 정도로
싫어했다면서-

겉과 속
참 다르다니까.

내 말 안 믿지?
근데 나는 진짜
할 거라고~

종이에
전부 쓴 다음에
또박또박
읽어내려갈 거야.

나 대신 화내주는 사람이
있다는 것만으로도 감사하다.

몇 달 만에 자유부인이야.

서른여섯인 미경 대리님은 다섯 살 아들이 있는 워킹맘이다.

너무 신나서 친구들한테 연락했는데

아무도 시간이 안 되더라.

둘째 때문에 집에서 꼼짝도 못 한다ㅠㅠ

일 끝나고 바로 아기 픽업 가야 함ㅠ

나도ㅠㅠ

우리 나이대가 다 그렇잖아.

저 없었으면 어쩔 뻔했어요!

그러니까~ 유나 주임 최고!

짠

…있잖아.

최근에 조금 충격받은 일이 있었다?

아들~
엄마 없는 동안
오늘 뭐 했어?

오늘
저는요~

이따만한 종이에
손 또장도 찍구여~

소율이라는 칭구랑
마이쮸 나눠
먹었구여~

태껀도에서
줄넘기도
칠 개 했구요

늉사람도
만들었구요!

그리구…

엄마 귀!

고래가 물꼬기가
아니래요!

쏙닥 쏙닥

엄마한테만
몰래 알려주는
거예요.

53
☆

어머나! 엄마도 전혀 몰랐던 걸 알려줘서 고마워!

아빠한텐 비밀이에여!

긍데 엄마는 오늘 뭐 했어요?

어? 엄마?

엄마는 오늘…

비품 정리문서랑 급여 엑셀 작성했나?

아냐, 그건 어제 한 건데.

아니다, 그저께 했던 건가?

그럼
오늘 뭘 했지?

순간 깜짝 놀랐어.

내가 한 일들이
언제 했던 건지
너무 헷갈리는 거야.

엄마는 온종일
우리 아가
생각했지!

꼬

옥

별수 없잖아.

나도 똑같아.

덜컹 덜컹

내일은 무슨 일이 벌어질지
알 수 없어서 설렌다는데

나의 내일은
똑같아도
너무 똑같잖아.

어쩌면… 죽을 때까지
예측 가능할지도.

여전히 고장 나 있는 저 가로등처럼

나의 미래도…

뻔하고
깜깜할까 봐

무섭다.

그와의
결혼 생활은

나를 설레게 할 수 있을까?

몇 달 만에
자유부인이야.

내일은
무슨 일이 벌어질지
알 수 없어서 설렌다는데

나의 내일은
똑같아도 너무 똑같아.

평생 철창 안에 갇힌 채
쳇바퀴를 도는 다람쥐처럼.

☆ 어린 날의 나에게 위로받을 수 있다면

4화

춥다….

추위를 뚫고

봄은 타박타박
걸어오고 있구나.

청소하는 김에─

쏴아아

봄옷도 꺼내볼까?

청소와 정리를 하다 보면

어?

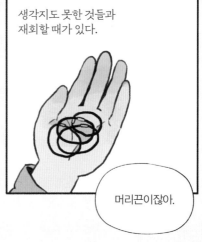

생각지도 못한 것들과 재회할 때가 있다.

머리끈이잖아.

머리끈이 자꾸 없어져서 새로 샀었는데

매트 아래에 숨어 있었다니.

버리진 않았지만 잊어버린 것들과 만나는 시간.

끼

익

두둥!!

오늘은 반드시 그동안 엄두도 못 냈던 옷장 정리를…

응?

끙차

실내화 가방?

초등학교 때 들고 다니던
실내화 가방 안에는

6년 동안의 일기장이
모두 들어 있었다.

서울로 이사 올 때
챙겨왔던 것
같은데

완전히
잊어버리고
있었어.

1학년 박유나는 무슨 생각을 했는지 한번 볼까~

7월 11일 월요일

츈향전을 읽었다.
나두 츈향이처럼
열여섯살에 태면 행복
결혼해서 살아야지!

박유나, 현재 16살에서 17살이나 더 먹은 33살. 아직 미혼.

...

열여섯에 결혼했으면

지금 고등학생 자식이 있을 수도 있겠네.

수수

맨날 넘어져 가지고
무릎에 거즈 붙이고
다녔는데

그래도 좋다고
웃고 있네.

정리를 끝낸 후
일기장을 다시 펼쳤다.

2학년 때는
롤러스케이트
많이도 탔었지.

사진도
붙여놨네.

겹겹이 쌓인 그 시절 상처는
20여 년이 흐른 지금까지
흉터로 남아 있다.

즐거웠던 시간을
몸에 기록한 셈인가.

강낭콩 키우기
체험학습했던 게
3학년 때구나.

따뜻한 교실 창가에 화분을 놓고
물을 주니 떡잎이 돋았다.

뽁!

내가 심은 씨앗이
자라나는 게
너무 신기해서

매일매일
잎사귀를
닦아주면서
'아이 예쁘다'라고
말해줬었어.

두 달 뒤

뽁!

나의 작은 강낭콩 나무에서

강낭콩 네 알이 태어났다.

열매를 맺게 한 아이가 나뿐이라
선생님한테 칭찬도 받았다.

쓰담
쓰담

나는 그때…

강낭콩 한 알에서
강낭콩 네 알,
이거 다 심으면
열여섯 알.

열여섯 알
다 심으면…

몰라 몰라,
생각만 해도 행복해!

강낭콩 부자가 되는 꿈을 꿨었다.

그러나…

쿠웅

아이고… 엄마는 유나가
강낭콩으로 밥해달라고
부엌에 놔둔 줄 알았지.

그렇게 내 꿈은
산산조각 났었지.

맛은 있었어~

?

점심시간에
쉬지도 않고
뭘 읽는 거야?

미경
대리님!

초등학교 때
일기를 우연히
찾았거든요.

꼬마 유나가
무슨 일기를 썼길래
그렇게 함박웃음을
짓고 있어?

아, 그게요―

이런저런 내용이 많은데 사실은…

제가 글 쓰는 걸 좋아했다는 게 기억났거든요.

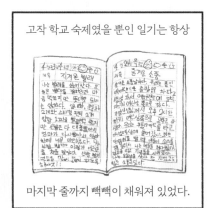

고작 학교 숙제였을 뿐인 일기는 항상

마지막 줄까지 빽빽이 채워져 있었다.

돌이켜보면 어린 나는 글 쓰는 것도 책 읽는 것도 좋아했는데

지금 집에 있는
책이라고는
겨우 다섯 권.

그것도 모두 다 자기계발서.

미래를 위한 작은 습관

저축 똑똑하게 하기

인간관계 극복하기

성공하는 팁

인생법칙

심지어 저 중에
끝까지 읽은 건
한 권도 없는 듯?

하지만
먹고살기도
힘든데

어쩔 수
없잖아.

또 일기

어리고 여렸던 나를
일기장에 버려둔 채

현재의 나는
불 꺼진 밤을 걸었다.

그래도…

머리!

내가 잊어버렸던 나에게
위로받을 수 있다면

참 좋을 텐데.

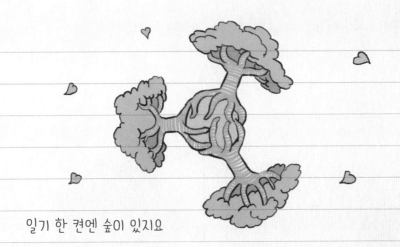

일기 한 켠엔 숲이 있지요

세월은 흐르고
얼굴도 세월 따라 지쳐가는데
내가 잃어버린 어린아이는
푸른 씨앗처럼 동그랗게 말려서
어디선가 뒤척이며 꿈을 꾸고 있겠죠

일기 한 켠엔 숲이 있지요
숲은 기억의 미아들이 머무르는 곳
시간의 썰물에 떠내려간 내가
우연히 어린아이를 만난다면
이제는 울지 않고 바라볼 수 있을까요

☆ 어린 일기

흘러가는 시간, 쌓여가는 시간 ☆

5화 ☆

얼마 전 총무팀에 신입이 들어왔다.

호다다닥

그 신입 스물다섯이래.

안 꾸며도 얼굴에서 광채가 나던데.

하하 하하

늙어빠져서 화장 떡칠만 하고 다니는 **누구**랑은 다르지.

신입한테 한번 들이대봐?

☆

야! 신입!

회의 문서에 **클립**을 꽂으면 어떻게 해?

스테이플러가 기본인 거 몰라?

클립 빠져서 종이 뒤죽박죽되면 네가 책임질 거야?

죄송합니다.

지금까지 항상 클립 썼는데….

신입은
3개월도 안 돼서
그만뒀다.

홍진숙 팀장이
신입이랑 사이좋게
지내는 꼴을
못 봤다니까.

…

텃세야
텃세

문득
처음 회사 생활하던 때가
떠올랐다.

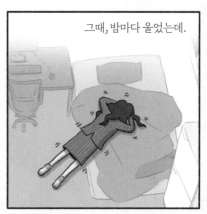

그때, 밤마다 울었는데.

하지만 언젠가부터
눈물이 전혀 나지 않는다.

어쩌면
평생 흘릴
눈물을—

그때 다 흘려버렸는지도 몰라.

짠!

총무팀 회식이다.

꿀꺽
꿀꺽

최미경 대리님은
항상 회식에 불참하는데

퇴근하자마자
바로 애 보러
가야 해서요….

오늘은 미경 대리님 좋아하는 그 치킨집 간다는데요. 한 번쯤은 회식 참석하는 게…

치맥 좋지, 치맥 좋은데—

그래서 회식 날마다 홍진숙 팀장님에게 한소리 듣는다.

애 있는 게 아주 벼슬이야~!

어찌어찌하면 참석할 수도 있겠지만

그러고 싶지 않아서.

맛있는 음식도 좋아하는 사람과 함께 먹어야 맛있는 거라고~

미경 대리님 말이 맞아.

잔쇼리 잔쇼리 잔쇼리 잔쇼리

똑같은 장소에서 똑같은 치킨을 먹고 있는데도

지금은 입으로 먹는지 코로 먹는지 모르겠거든.

불편…

이 생각 언제가 했던 것 같은데…

데자뷔인가?

☆

박유나 주임이 지금 서른다섯인가?

서른셋인데요.

그거나 그거나.

인생 선배로서 말하는 거니까 잘 새겨들어.

여자는 서른 넘으면 다 끝난 거야.

젊고 예쁜 애들이 치고 올라온다고.

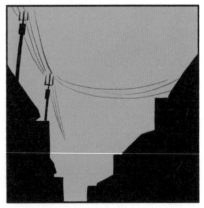

내일 뵙겠습니다.

술 먹었다고
다들 늦기만 해봐.

술 취한 그녀가 비틀거리며 걸어간다.

어쩌면 그녀의 인생도
그녀의 발걸음처럼 비틀거릴지 모른다.

마치 물귀신처럼-

나만 끝난 게
아니야.

너도 끝난 거야.
내 말 맞지?

다른 사람의 인생을 붙잡고 늘어지며
자신을 위로할지도 모른다.

나이를 먹는 건
서글픈 의미일 뿐일까?

시간이 그저 흘러가는 게 아니라

쌓여갈 수
있다면…

마치 일기장의 페이지처럼.

문득, 엄마가 보고 싶었다.

다음 날 저녁

부우우웅

엄마,
나 왔어~!

엄마 아직
안 왔네….

어렸을 때부터
엄마는 항상 늦게까지 일했고

엄마가 올 때 즈음,
나는 현관문 앞에 누워

발자국 소리를 들었다.

이 소리는…

발에 안 맞는 커다란 슬리퍼가
바닥에 지익- 지익- 끌리는 소리.

옆집 아주머니가
아저씨 슬리퍼 신고
쓰레기 버리러
가나 봐.

이 소리는—

새 고무 밑창이 뽀독뽀독
바닥에 닿았다 떨어지는 소리.

새 운동화 신은
아주머니 딸이
집에 왔나 봐.

이 소리는…

오래돼서 반들반들해진 구두 밑창이

바닥에 닿을 때마다

벌떡

사알짝 미끄러지는 소리.

벌컥

기타 배우고 왔어?

응, 오늘 동호회 가는 날이었어.

올해 60세인 엄마는 10년 전부터 기타를 배우셨다.

어머, 꿀타래네!

터미널에서 팔더라고. 나머지는 냉동실에 넣어놨어.

입에서 살살 녹아. 우리 딸이 최고야.

아ㅡ니.

8학년 2반도
계시는걸.

엄마가 반년째 연습 중인
<황혼>을 듣는다.

엄마 처음
기타 배울 때가
생각나네.

고작 서른셋인 내가
지는 해라는 말이

엄마한테 너무
미안하다.

엄마 손을 바라본다.

굳은살…

엄마의 손에는 시간이 쌓여 있구나.

한 것도 없는데
벌써 마흔이라니…

어차피
뭘 하기엔
이미 늦었잖아?

술이나 먹자.

술에 취한 듯
삶이 비틀거리는 사람이 있다.

때때로 그들은
다른 사람의 인생을 붙잡고 늘어지며
흘러가 버린 자신의 시간을 위로한다.

☆

☆ 오늘 죽을 수도 있다는 걸 깨닫다

☆

6화

바쁘다 바빠….

딸깍
딸깍
탁타닥

박유나 주임,
잠깐만~

글쓰기 좋아하면
이 공모전
지원해보는 건 어때?

성영일보 제37회
신춘문예

우연히 찾았어.

장편, 단편 소설도 있고
수필, 시나리오도 있고

시 부문도
있네.

시….

☆

미경 대리님,

신춘문예는 전문적인 작가 발굴하는 엄청 큰 공모전이에요.

저는 꿈도 못 꿔요.

흠, 그래?

-라고 대답했지만

시라….

계속 머리에 맴돈다.

초등학교 4학년 때—

도서관에서 처음 동시집을 읽고
무척 감동받아서

글이 너무 예뻐.

시인은 진짜 멋있는

나도 시인이 될 거야!

-라는 꿈을 꿨었다.

마침 방과후학교에
어린이 시 쓰기 수업도
개설되어서

그때 되게 열심히 뭔가 계속 썼었지.

화ㄹㄹㄹㄹ

글쓰기 상도 몇 번 받았던 것 같은데…

신춘문예 한번 부딪혀봐?

딸깍 딸깍

하지만 수상자는 딱 한 명.

시 부문

응모 분량 : 10편
선정자 : 1명
상금 : 500만 원

짜다….

하긴, 이건 어린이 글짓기 대회가 아니라고.

날고 기는 작가 지망생이 다 모이는데

나 따위가 무슨….

어차피
시 같은 거
쓸 시간도 없어.

야근도 잦고
잠도 부족하고
철민이도
만나야 하는데

언제 시를 쓰고
앉아 있겠어.

다음 날

월급이 들어왔다.

♪♪

철민이랑
양꼬치 먹으러
가야지~

일을 이따위로 하면서 월급 받는 걸 감사하게 생각해!

홍 팀장ー 월급날은 더 히스테리야.

월급 받는 것도 눈치 봐야 한다니까.

철민이는 늘 얘기한다.

우리 같은 월급쟁이들이 속 편한 거야.

매달 따박따박 돈 들어오잖아.

내 직장 동료는 치킨집 한다고 퇴사하더니 6개월도 못 하고 접었더라.

빚만 잔뜩 쌓였지.

그의 엷은 미소를 보며 생각한다.

어쩌면
남의 불행은

나의 현재를
안심하게 하는
수단인지도.

하지만 철민이 말이 맞다.

월급이
들어오는 건
좋은걸.

단지… 서울 산 지가 11년인데

한강 뷰는 감히 바라지 않더라도

11년째 여전히 어두운 원룸촌을
벗어나지 못하는 발걸음이

조금 힘 빠질 뿐이다.

역시
서울살이는
힘들어.

…네,
다음 뉴스입니다.

생명공학의
발전으로

인류의 평균 수명이
150살로 늘어난다는
반가운 소식입니다.

달그락

달그락

월급은 사나흘도 안 돼서

탁

모조리 빠져나갔다.

안심은행 정기적금 37회차
박유나 청약 64회
○○연금 자동이체
대비은행 정기적금 13회차
○○해상 실비보험
학자금 대출 자동이체

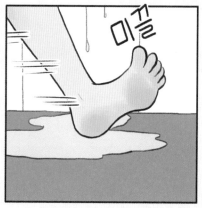

아이고
뒤통수야….

깨달았다.

!

인간의 수명이
150살로
늘어날지언정

나는 오늘-

서
걱

죽을 수도 있다는 걸.

공모전
해보자.

적금, 연금, 보험, 대출…

현재의 나는
늙고 힘없는 나의
노예다.

불투명한 미래를 위해서만
살아가는 현재의 나는
지금… 행복할까?

진짜 운 나쁘면 말이야,
미래고 뭐고
오늘 당장
죽을 수도 있는 거잖아.

편안함과 무관심의 차이에 관하여 ☆

7화 ☆

손님~
머리 어떻게
해드릴까요?

실수로
옆머리가
잘려서요.

어머, 그러네!
어쩌다가….

하하….

양쪽 옆머리 살짝 쳐서
티 안 나게 해드릴까요?

…

☆

다음 날

미경 대리님,
안녕하세요~

좋은 아침,
유나 주임…

어?!

남친이랑
헤어졌어?

아니에요~

머리를
싹둑 잘랐다.

섭섭하기도 하고
시원하기도 한 기분.

머리를 이렇게
짧게 자른 건

어릴 때 이후로
처음이다.

홍 팀장님은
누군가를 칭찬하면

자신이 '진다'고
생각하는 걸까?

지는 해야.

아무튼…

어서 철민이한테
머리 자른 거
보여주고 싶다.

깜짝 놀라게 해주려고
아직 말 안 했는데

저녁 같이 먹자고
해야지!

어제 봤으면
오늘 보면
안 되나?

철민아 오늘
바로 퇴근해?

밥 같이 먹자ㅋㅋ

♥철미니♥

어? 어제 봤잖아

사귄 지 3년,
하루만 떨어져 있어도 애달팠던
우리는 어느덧

데이트의 간격을 계산하는 게
당연해졌다.

씁쓸하네.

부르르르~

…

그래 담에 봐

♥철미니♥

아니다 오늘 보자~

어디서 볼까?

단발
안 좋아하면
어떡하지?

너무 짧게
잘랐나.

부우우웅

하지만…

사실 오늘
업무가 많아서
피곤했거든.

그를 만난 지

심지어 부장 놈이
나한테 주말에도
출근해서 자기 일을
대신하라는 거야.

삼십 분이 넘도록

일도 못 하면서
남한테 떠넘기는
재주만 발달했다니까?

내 머리에 관한 언급이
전혀 없었다.

나 달라진 거
없어?

응? 뭐?

빤 ─ 히

어라?
머리 어디 갔어?

잘랐으니
어디 갔지.
빨리도 발견한다.

미안 미안~
나 눈썰미 없는 거
알잖아.

아무리 그래도
20센티는
잘랐는데….

미안하다니까~
단발 귀엽네ㅋㅋ

그저 눈썰미가
없는 걸까?

이제
일어나자

아니면….

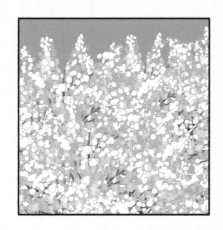

도로에 벚꽃이
가득 폈네.

응.

추위 속에서 봄을 준비하던
꽃망울들은

따뜻한 눈송이가 되어
하늘에 쌓인다.

일이 바빠서
벚꽃 핀 줄도 몰랐어.

그러게…
매년 벚꽃놀이
갔었는데.

올해도
시간 내서
가면 되지.

응!

미안 미안~
업무 문자가 와서.

…그래.

그나저나

우리 부모님이
슬슬 날짜 잡자고
하던데.

…

너는…
나 어디가
좋아서 만나?

응?

음…

편해서?

우리 만난 지가
몇 년인데~
너무 편해서 좋지.

어제 봤잖아.

나 눈썰미
없는 거 알잖아.

철민아…

뭐?

...

그럼, 사랑하지.

무슨 말이
듣고 싶은 건데.

☆ 나는 눈이 오는 게 싫었다

나는 눈이 오는 게 싫었다

눈 하나가 떨어졌다 싶으면

짜증 내며 옷을 털어내 버리고

조금 쌓였다 싶으면

여지없이 구둣발로 진물을 내고

많이 쌓였다 싶으면

빗자루로 생채기를 내는 사람들

눈은 봄이 오기 전 대부분 사라져버리고

그래서 나는

사람들이 있는 곳에서 눈이 오는 게 싫었다

차라리 산으로 가자

아니, 아무도 없는 곳에서 산보다 더 높게 쌓이자

누구도 알지 못하는 고독한 전시장에서

자신의 자리를 지키다가

봄이 오면

따뜻하게

녹아버리자

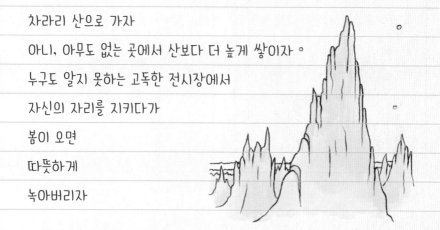

세상 맛있는 것들을 똥으로 바꾸는 쓸모없는 기계 ☆

8화
☆

철푸덕

남자친구와 한바탕 싸웠다.

하아…

너랑 왜 사귀냐느니 널 사랑하냐느니

왜 자꾸 말장난해.

지금 머리 자른 거 몰라줬다고 트집 잡는 거야?

어린 애도 아닌데 유치하게 왜 그래.

시 쓰긴지 뭔지
누가 하지
말라고 했어?

하고 싶으면
마음껏 하라고.

가뜩이나
머리 아픈 일 많은데
유나 너까지 힘들게
왜 그래.

아니야.

넌 내 말의 의미를
전혀 몰라.

벌

떡

무엇을 써야 할지   어떻게 써야 할지

하나도 모르겠어.

시인이 꿈이었던 어린 나와

꿈을 잊었던 나의 거리는 너무, 멀다.

에라
모르겠다.

매트에 누워
SNS를 본다.

전에는 읽지 않고
공감 버튼만 눌렀었지.

하루에
수십, 수백 개씩
올라오니

읽어도 어차피
다 까먹을 거라고
생각했으니까.

그동안 글도 안 쓰고 책도 거의 안 읽어서 머리가 굳은 것 같아.

SNS라도 꼼꼼히 읽어봐야겠어.

우와! 양꼬치 되게 맛있어 보인다.

여의도 벚꽃축제는 올해도 엄청 붐비는구나.

어머, 수아가 아기 낳은 지 벌써 반년이네.

조만간 수아 보러 가야 하는데.

멈칫

...

SNS 속 사람들 모습은 참 행복하네.

나는 월세 때문에 힘들고

직장 때문에 힘들고

대출 때문에 힘들고

결혼 때문에 힘들고

저축 때문에 힘든데ㅡ

세상은 나만 빼고 행복한 것 같다는 기분이 들었다.

꼬르륵

호로록

아까 밥 먹었는데 또 배고파.

결국
한 것도 없이
먹고,

한 것도 없이
싸고.

오늘뿐만이 아니다.

열정적으로
뭔가를 해본 적이
마지막으로
언제였더라.

과거에는
시 쓰기 좋아하는
아이였는지 몰라도

지금의 나는…

세상의 모든 맛있는 것들을
똥으로 바꾸는
쓸모없는 기계가
되어버렸는지도 몰라.

글자가 쌓여서 글이 되고
글이 쌓여서 한 권의 책이 되듯

나의 시간도
흘러가지 않고
차곡차곡 쌓여가면
좋겠다.

☆

☆ 관찰, 발견, 이해의 3단계

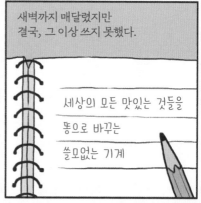

9화

공모전 시 쓰는 거요, 도무지 모르겠어요.

뭘 써야 할지, 어떻게 써야 할지.

시무룩

흐음…

도움이 될진 모르겠는데

미대 다닐 때 말이야.

아무것도 그려지지 않은 하얀 캔버스가 그렇게나 무섭더라고.

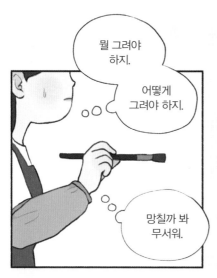

뭘 그려야
하지.

어떻게
그려야 하지.

망칠까 봐
무서워.

흰 캔버스 앞에만 서면
숨이 턱턱 막혔다.

맞다, 미경 대리님
서양화 전공이지.

멋있다

아무튼—
그때마다 썼던
나만의 방법이
있었어.

운동선수가 준비 운동하듯

주변을 드로잉하며
가볍게 손을 푼다.

예를 들면

눈앞에 보이는
컴퓨터 책상을
그리기도 하고

주위 사람을
그리기도
하는 거야.

그림을 그리다 보면 자연스럽게 '관찰'을 하게 되거든?

관찰은

익숙함 속에서 미처 보지 못했던 것을 보게 하기도 하고

때로는 이해하지 못했던 걸 이해하게 만들기도 해.

손도 풀리고 머리도 풀리고 마음까지 풀린달까~!

최미경 대리! 박유나 주임!

안녕하세요, 홍 팀장님.

출근했으면 그만 노닥거리고 빨리 일이나 하지?

아직 8시 40분인데….

이따 회의 있으니까 박유나 주임은 10시까지 회의 세팅하고 나 불러.

네.

횈

…

직장생활 11년 차.

출근한 순간부터
퇴근만을 기다리는 나는

아직
9시 반밖에
안 됐다니….

탁
탁탁
탁

내 일이 싫다.

안 잘리고
다니고는 있으니까

관성으로
계속 다녀지는 기분.

삑
삑

만약 내가 내 일을
깊이 관찰한다면

이 시간을
좋아하게 될
가능성이 있을까?

홍 팀장님,
회의 준비
다 됐어요.

홍 팀장님은 깐깐하고 신경질적이라

추가 자료
빼먹으면
어쩌란 거야?

죄송합니다.
다시 챙겼어요.

하나부터 열까지
다 알려줘야 해?

옆에 있으면
긴장해서
실수가 잦아진다.

삐
끗

157

○○브랜드
마케팅 회의
시작하겠습니다.

관찰이라….

돌이켜보면
내가 살던 모든 시간 속에

그녀가 존재했다.

교실에도 있었고

모의고사 점수가
이따위면
태어난 가치가 없지.

소개팅 자리에도 있었으며

저는
인 서울
다니는데

유나 씨 대학은
도대체
어디 있는
거예요?

아르바이트하던 피시방에도 있었고

싫으면 관둬.
너 아니어도
할 사람 넘쳐.

전에 다니던 직장에도 있었다.

네가
여자라서
안 되는 거야.

모습만 다를 뿐
모두 홍진숙이라는 이름으로

사람의 자존감을 무너뜨린다.

관찰은

익숙함 속에서
미처 보지 못했던 것을
보게 하기도 하고

때로는
이해하지 못했던 걸
이해하게 만들기도 해.

저 사람을 관찰한다고
달라지는 게 있을까?

외모도
화장도
옷차림도

참 화려한 사람.

마치 베니스의
가면처럼.

…

값비싼 클리닉으로
실크처럼 빛나는 머리칼과

붉은색보다 반짝이는
흰머리의 새싹들.

어제 받은 듯한 화려한 네일아트와

고급 핸드크림으로도
어쩔 수 없었던
바삭한 손.

속눈썹 연장으로
길고 풍성해진 속눈썹과

몇 번을 덧칠한 컨실러로도
끝내 가리지 못한 눈주름.

화려한 가면과
날카로운 독설 속에 숨어 있는

마흔 살 그녀를 관찰하는 동안

나에게도 뚜벅뚜벅 걸어오는

세월과 우리의
서글픈 줄다리기를 본다.

끌려가지 않으려는

서글픈 몸부림을 본다.

회의는 잘했어?
잔소리는 안 하든?

여전히
이해는 못 하겠지만

?

털썩

...

조금
짠하긴 했어요.

삶의 다른 이름은
줄다리기인지도 모른다.

태어난 순간부터
일방적으로 끌려가는
시간과의 줄다리기.

끝내 패배할 걸 알면서도
끌려가지 않으려고
최선을 다해 뒷걸음질 치기 때문에

우리의 삶은 땀방울처럼 반짝이고
짠맛이 난다.

마치 눈물처럼.

☆

나이 드는 건 내 잘못이 아닌데 ☆

10화
☆

하나부터 열까지 다 알려줘야 해?

제대로 하는 게 뭐야!

또 화내고 말았다.

화내기 싫었는데….

좀 더 잘할 수 있으면서 결국 화를 내야 잘한다니까.

그러니까 칭찬 같은 건 하면 안 돼.

나 때는 말이야, 훨씬 더 힘들었다고.

내가 얼마나 피나는 노력을 하면서…

☆

클리닉 할 돈도 없어서 푸석거리는 머리,

화장 떡칠해도 못생긴 얼굴-

싸구려 옷, 터질 것 같은 똥 뱃살이 참 보기 좋아.

남편이 널 사랑해서 데리고 사는 줄 알지?

뭐 저런….

또각 또각

나도…

또각 또각 또각 또각 또각 또각

꾸미지 않아도
예뻤던 때가 있었다.

저기요!

또각
또각 또각
또각

네?

홍진숙, 28세

너무 제 스타일이라…
연락처 좀 알 수
있을까요?

그때의 나는 인기도 많고

남자친구
있어요.

연인도 항상 있었지만

진숙아 요새 통 못 봤는데….

나 지금 바빠, 끊어.

나는 일밖에 몰랐다.

인턴 어디 있어?

지금 가요!

자기야, 이번 일만 잘 끝내면 승진할 수도 있어.

홍진숙, 33세

네가 회사에서 인정받고 싶어 하는 건 알겠는데

내 생각은 안 해?

우리 결혼은
도대체 언제…

만날 때마다
말끝마다

결혼!

결혼!

결혼!

지금 나한테
되게 중요한
시기라고 했잖아.

올해는 결혼
준비하겠다고
네가 그랬…

그럼 중요한
기회를 버려?

머리 아프니까
다음에 얘기하자.

그때의 나는 내 젊음도 영원하고

늘 다음에…
또 다음에…

사랑도 언제든지 가능한 줄 알았다.

그래서 그가 이별 통보를 했을 때도

나는 아무렇지 않았고

그의 결혼 소식을 들었을 때도 아무렇지 않았다.

세상의 반이 남자인데 뭐.

하지만 나의 예상과 달리

팀장님!

이것 좀 봐주세요!

홍 팀장님!

소개팅? 시간이 있어야 하지.

바쁘니까 일단 끊어.

탁탁
탁탁탁
탁탁

일은 훨씬 더 바빠졌다.

탁

통화 시간
00:00:09

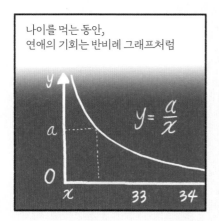

나이를 먹는 동안,
연애의 기회는 반비례 그래프처럼

$y = \dfrac{a}{x}$

33　34

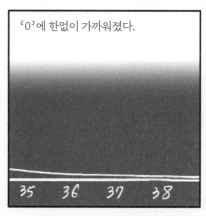

'0'에 한없이 가까워졌다.

35　36　37　38

이젠 좋은 사람
소개해주고 싶어도
몽땅 결혼했어.

소개팅 들어올 때
냉큼 했어야지.

들어올 물이 있어야
노도 젓는 거야.

…

홍진숙, 38세

더 있고 싶은데 아이 데리러 가야 해서.

나도 아기 때문에.

만난 지 두 시간도 안 되었는데…

그래.

친구들은 오래전 결혼했고 나는 오랫동안 혼자다.

문득 궁금하다.

난 앞으로도 혼자일지.

홍진숙, 40세

다녀왔습니다~

우리 진숙이가
예쁜 데다가
돈까지 잘 벌잖아.

엄마는 나를 시집보내려고
고군분투하신다.

좋은 총각 있으면
소개 좀 해줘 봐~

엄마도 참~

진숙 엄마,
그래도 마흔 살은
좀 그렇지~

…

마흔이 어때서?
애가 예쁘고
능력도 있다니까!

그래도
마흔은 좀….

쾅

아이고
깜짝이야!

나이 앞자리가 바뀌었을 뿐인데

나는 변함없는 것 같은데….

홍진숙 씨?

엄마의 끈질긴 노력으로
선을 보게 되었다.

저는 마흔다섯이고
엔지니어로
일하고 있습니다.

일산에
아파트도 있는데
최근에 대출도
다 갚았죠, 하하.

그나저나 진숙 씨는
관리를 정말
잘하셨네요?

여기 되게 고급 참치 집인데 거의 안 드시네요?

아아, 먹을게요.

비싼 참치인데 회 먹을 줄 모르시나 봅니다?

좋아하는데 속이 좀 안 좋아서요.

사실, 생리가 터졌다.

하필 가장 심한 이틀째-

약 먹어도 소용이 없다.

벌컥 벌컥

머리 아프고 울렁거리고 허리 아프고 밑이 빠질 것 같아.

뭐 저런 미친 여자가 다 있어?

다녀왔습…

야! 홍진숙!

너 또 무슨 말을 했길래 남자 쪽에서 방방 뛰고 난리야!

후다다닥

엄마가 얼마나 힘들게 선 자리 마련했는지 알아?

몰라!

쾅

나이 먹은 게
무슨 자랑이라고
고분고분하질 못해?

아이고 내 팔자야~
딸년이
웬수네 웬수.

나이 드는 건
내 잘못이 아닌데

내 잘못처럼 느껴지는 건

왜일까.

배 아파….

세월을 숨기기 위해
나는 더욱 화려하게
치장한다.

삑

안녕하세요,
홍 팀장님.

뭐야?

벌떡

너 얼굴이
왜 이렇게 시커메?

화장도 안 하고 다니니?

꼴불견이다, 꼴불견이야.

생리통 때문에 몸이 안 좋아서….

다… 다들 아픈 거 혼자 유세 떠는 거야?

앉아서 일이나 해!

나이 드는 건 어쩔 수 없지만

저렇게 나이 들고 싶진 않아.

총무 팀장
기획팀장 홍 진 숙

탁 탁탁 탁타닥 탁탁

콩

나이가 늘어갈 때마다

해야만 하는 것,
하면 안 되는 것,
못 하게 되는 것들도
점점 늘어만 간다.

나이 드는 건 내 잘못이 아닌데.

☆나를 알아주는 사람

11화

깜깜하다.

사물을 관찰하고

초승달은 **웃는 입** 같아.

사람 좋은 미소가 아니라

이런 느낌인데….

글을 쓴다.

썩소? 비웃음?

좀 더 어울리는 단어가….

꼴불견이다,
꼴불견이야.

갑자기 홍 팀장님이 생각났다.

성격 참
비뚤어진 분.

처음엔 한 문장 쓰기도 어려웠는데

비뚤?!

조금씩 글쓰기가 즐거워진다.

눈 찔려서 주방 가위로 살짝 다듬었는데

너무 살짝이라 나도 잊어버리고 있었어.

다른 사람이 알아주니까 되게 기쁜데?

글을 쓰기 위해선

와글 와글

'관찰'해야 하고

북적 북적

'관찰'하다 보면

익숙한 것들에서

새로운 의미를 발견할 때가 있다.

미경 대리님-

회사는 새우볶음밥 같아요.

새우볶음밥? 갑자기 왜?ㅋㅋ

새우, 쌀,
계란, 당근은

태어난 곳도
자라온 환경도
전혀 다른데

결국 한 식판에 모여
조화를 이루잖아요.

어쩌면
수많은 성격의 사람들도

회사라는 작은 그릇 속에서
빽빽이 부대끼며

나름의
슬픈 조화를
이루며

살아가는 게
아닐까요.

우와…

새우볶음밥에서
그런 의미를
찾아내다니

다시 봤어,
유나 주임!

헤헤헤

199

사람은 빽빽하지만
누구나 외로운 회사 안에서

마음 맞는 사람을 만나는 건
큰 행운이다.

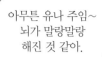
아무튼 유나 주임~ 뇌가 말랑말랑 해진 것 같아.

이러다 진짜로 공모전 당선해버리는 거 아냐?

미경 대리님이 해준 말 덕분이에요.

관찰은

익숙함 속에서 미처 보지 못했던 것을 보게 하기도 하고

때로는 이해하지 못했던 걸 이해하게 만들기도 해.

202
☆

하지만 여전히
시 쓰기는
너무 어려워요.

공모전 마감도
얼마 안 남았는데
막막해 죽겠어요.

음…

미대 교수님이
늘 하던 말씀이 있는데
도움이 될지 모르겠네.

작품은
엉덩이에서
나온다.

괴로워도
의자에 엉덩이를
딱 붙이고

관찰하고

생각하고

그림 그리고

수정하고

고민하다 보면…

뮤즈의 옷깃이

스칠 때가
있다고–

뮤즈의
옷깃이라…

나에게도
그런 날이 올까?

밤하늘은

가끔

비뚤어진 미소를 짓는다

☆ 초승달

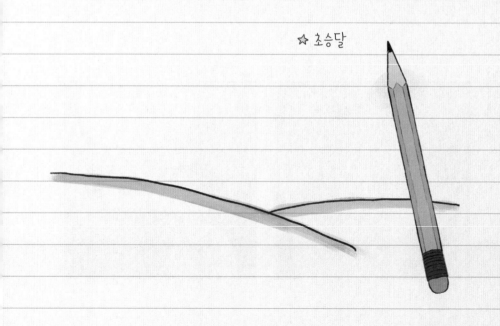

☆ 예전에 놓아버린 것을 다시 잡을 수 있을까 12화 ☆

뮤즈의 옷깃이 스칠 때가 있다고—

아까 내 입에서 그 말이 튀어나왔을 때

깜짝 놀랐다.

붓 꺾은 지 어느덧 8년…

다 잊어버린 줄 알았거든.

삐 삐
삐 삐

아주 어릴 때부터
화가를 꿈꿨고

미대에 입학했다.

졸업하는 날,
교수님은 말했다.

돈 없으면 화가 할 생각 하지도 마.

인생 배고파진다.

평생 그림 하나만 보고 살아왔는데 저게 교수라는 작자가 할 말이야?

나는 돈보다

꿈이라고!

최미경, 24세

그림 그리는 건 즐거웠지만 화가는 돈이 많이 들었다.

작업실 월세와 전기세,

캔버스 틀과 캔버스 천,

전시할 때마다 드는 운송비,

코딱지만 한 물감 비용도 만만치 않고….

꼬르륵

파트타임 알바를 했다.

24번 테이블, 생맥 여섯!

지금 가요!

급여가 적지만 어쩔 수 없었다.

후루룩

풀타임으로 일하면
그림 그릴 시간이
없으니까.

최미경
개인전
Solo Exhibition

두근

두근

두근

딱 하나만 팔려도
몇 개월은 입에
풀칠할 텐데….

몇 년 동안 몇 번이나 전시를 했지만
단 한 작품도 팔리지 않았다.

윙~

☆

그래서 백화점에서 지름신이 제대로 왔다니까?

나도 백 샀지롱~

얼만데?

와꿀

와꿀

300 조금 넘어.

올~ 승진하더니 잘나가네.

그러는 너는 얼마 전에 몰디브 갔다 왔잖아.

몰디브 좋긴 좋더라~

...

꼴깍 꼴깍

최미경, 28세

그나저나 미경이 너는 아직도 화가 한다며?

...어?

아… 응, 그렇지 뭐.

대단하다 정말!

진짜 끈기 인정!

미경이 넌 잘될 거야!

유명 작가 돼도 나 잊으면 안 돼?

고맙다.

응원이 더 큰 상처가 되는 건

왜일까….

부우우웅

이 그림이
300만 원인데…

누구라도
300만 원짜리
가방을 사지

그림을 사겠어?

저축예금
000000-00-000000

29,500원

내 통장엔
3만 원도 없구나.

돈 없으면
화가 할 생각
하지도 마.

그림도 좋지만

굶어 죽을 순
없잖아.

운 좋게 사무직으로 취직했다.

탁탁
탁 타닥
탁탁

네!

네!

네!

월급만 받으면
바로 그만두고
다시 그림
그려야지.

드디어 월급날

...

30만 원입니다.

300만 원은
아니지만…

예쁘다.

딱 1년만 더 돈 벌고
다시 그림 그려야지.

딸깍 딸깍
딸깍
딸깍

그렇게 8년이 흘렀다.

딸깍 딸깍
딸깍
딸깍

그동안 사랑하는 사람을 만났고

결혼하면
다시 그림 그려야지.

아이를 낳았다.

아이가 좀 자라면
다시 그림 그려야지.

응애ー
응애ー 응애ー

그리고 현재

쌔근

쌔근

어린이집에
태권도에
미술학원에

아이 봐주시는
시어머님
생활비도
드려야 하고….

최미경, 36세

나의 하루하루는

그림과 점점 멀어져간다.

이러다간 퇴직한 후에야 그림 그릴 수 있겠지.

아니, 그때가 되면

그림 그렸단 사실조차 기억하지 못할지도.

여보, 나 왔어.

끼익

자기, 왔어?

갑자기 웬 술이야.

무슨 일 있어?

여보, 있잖아…

몇 달 전에 아가랑 전시 보러 갔었잖아.

엄마!

풀밭이 너무 예뻐요!

하하, 풀밭이 아니라
연못을 그린 거야.
참 예쁘지?

굉장히 유명한
그림인데
왜 유명하냐면—

왜 유명하냐면…

왜 유명하냐면…?

순간
세상이 깜깜해진
기분이었다.

툭 치면 술술 나왔던
미술 이야기들이

하나도 기억나지
않았거든.

가장 좋아했던 것과
너무 멀어져 버려서

씁쓸하더라고.

남편에게 그림 얘기를 한 건
정말 오랜만이었다.

...

잠깐만~

응?

드륵

종이랑 펜은
갑자기 왜?

그동안
그림 안 그리고
어떻게 참았어?

남편은 갑자기 지갑에 있는 돈을
모두 꺼냈다.

지금
3만 6,000원밖에
없는데…

일단 이 돈으로
당신 작품 살게.

응?

기억해.

당신의 작품을
처음으로 산 사람이
나야.

그것도
전 재산으로.

미경아,

그동안
고생 많았어.

어쩌면…

예전에 놓아버린 것을
다시 잡을 수 있을까.

어른들이 말했다.
꿈은 결혼한 뒤에도 충분히 이룰 수 있어.

어른들이 말했다.
꿈은 아이 낳고서 이루면 되지.

어른들은 말한다.
꿈이 먼저야? 육아가 먼저지.

아이를 다 키우면
인생의 황혼기에 접어들 텐데

그때는 내가 꿈을 꿨다는 사실조차
잊어버릴지도 몰라.

떠밀리듯 살아지는 삶과의 대화 ☆

13화 ☆

나는 아까의 대화를
곱씹는다.

작품은
엉덩이에서
나온다.

의자에 엉덩이를
딱 붙이고

관찰하고
글을 쓰다 보면—

삑삑삑

☆

관찰….

사물을 관찰하고

타인을 관찰했지만

가장 중요한 건…

나 자신을
들여다보는 것.

다시 일기를 읽는다.

5학년 때는 온통
친구들 이야기뿐이네.

정말 친했던 친구들이 있었다.

하교하고 나서도
항상 붙어 다녔지.

친구들 집에서
살다시피 했었어.

문방구에서 우정 반지도 맞췄다.

우리 어른 되면 결혼하지 말고 셋이서 같이 살자!

평생 절친 약속!

하지만 반 갈리고 나선 데면데면해졌지.

반지도 잃어버렸고.

드디어 6학년이네.

우주가 이민 간다는 소식을 듣고

무작정 그 애 집으로 전화를 걸었다.

뚜루루루루 ~

뚜루루루루 ~

말 한 번도 못 해봤지만…

잘 가라는 인사는 꼭 하고 싶어….

여보세요?

우주다!

그게 우주와의 마지막이었지.

너무
부끄러웠어.

얼굴은
기억도 나지 않는데

설렜던 그 기분은
어제처럼 떠오른다.

다 읽었다.

일기는 6학년을 끝으로 멈춘다.

나는 의자에 엉덩이를
딱 붙이고

그 이후의 삶을 서술한다.

중고등학교는
집과 가까운 곳으로 갔고

대학도 집과 가까운
전문대 경영학과로 갔다.

대학에 다니는 2년 동안
자격증 공부를 했고

졸업하고 직장생활 한 지
어느덧 11년이 되었다.

두 번 이직을 했고
현재는 시 공모전을
준비하고 있다….

6학년 이후로
20년이 흘렀는데

두 페이지도
못 채웠어.

시간이 거대한 강물이라면

어떤 이는 자신의 배를 만들어
스스로 노를 젓지만

나는 그저 시간의 물결에
떠밀려간 느낌이다.

단 한 번도 내 손으로
노를 저은 적 없이.

시간의 물결에 떠밀려가는 동안,
두툼히 쌓인 먼지처럼

보이지 않는 한 컨에
숨어 있는

나의 비밀은~

뭘까.

…엄마가
가난해서

미안해.

가난.

☆ 상처를 드러내다

구름을 감싸 안으려 했을 뿐인데
우리의 좁은 거리 사이로 그만
고름 같은 눈물이 쏟아졌다

일기장도 모르던 이야기
심장을 붕대로 꽁꽁 싸매고
진통제 한 줌으로 잊은 척
행복했던 나날이 있었다 그 시절
상처를 치유하는 방법은
상처를 드러내는 것만이 전부인 줄 알았는데
망각의 매듭을 풀어가고
응어리가 진물처럼 새어 나올 때마다 이제는
방공호에 보존된 기록이
현실을 덧나게 할까 봐 두렵다

상처를 치유하는 방법은
상처를 드러내는 것일까
외면했던 삶의 조각을 끼워 맞춰도
여전히 경계는 존재하며
벌어진 틈새 사이로
비에 젖은 사람들이 흘러간다

돌이켜보면
그때 철이 든 것 같다.

북적
북적

더는 일기 쓸 필요가 없던
6학년 봄방학.

푸에취

나는 마트에서
장 보는 게
좋은데…

시장은
춥단 말이야.

훌쩍

245
☆

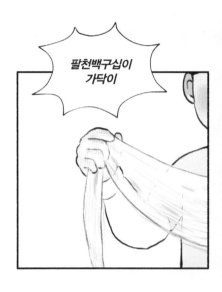

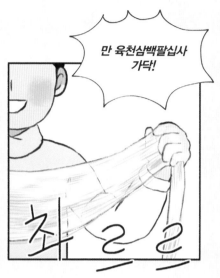

만여 가닥의 꿀 실로 만든

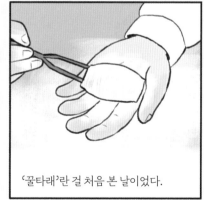

'꿀타래'란 걸 처음 본 날이었다.

입에 들어가자마자 사르르 녹을 것 같아….

두 개 주세요!

세 개 주세요!

바글

바글

엄마, 나도 꿀타래 먹고 싶어.

조그만 상자 하나에 5,000원이나…

꿀타래 한 상자
5000원

바글

바글

이번 달 생활비가…

저거 먹으면 배불러서 저녁 못 먹어.

치이—

이따 시금칫국 먹어야지.

힝…

아빠!

꿀타래 너-무 맛있었어!

그렇다고 혼자서 한 상자 다 먹으면 어떡해, 우리 딸~

차 빼 올 테니까 여기서 기다려.

빨리 와, 아빠! 추워.

아빠한테 고맙습니다~ 해야지.

부우우웅

유나야, 버스 왔다.

꿀타래 못 먹은 거
섭섭해서

엄마랑
따로 앉는 거야?

착한 딸,
오늘따라
왜 그래~

엄마는 맨날
내가 먹고 싶은 거
못 먹게 하잖아.

엄마 나빠.

부우우웅

바람
많이 부네.

문득

차창에 부딪히는

바람의 목소리를 들었다.

···엄마가
가난해서

미안해.

간식 먹고 해요.

이옥남, 60세

어머, 옥남 씨
웬 꿀타래야?

티미널에서
팔더라고.

나머지는
냉동실에
넣어놨어.

그저
꿀타래만 보면-

미안해져서.

엄마!
나 말이야~

박유나, 19세

집 근처
전문대 경영학과에
원서 내려고.

전문대?

유나 네 성적이면
훨씬 더 좋은 대학교
갈 수 있지 않아?

버스 타고 20분이야.
가까운 게 최고잖아.

원서 쓰기 전에
꼭 한번
뵙고 싶었어요,
유나 어머니.

교무실

유나는
참 착하고

학교생활도
잘하고

글 쓰는 것도
정말
좋아하더라고요.

글이요?

네~!

며칠 전에도
작문 시간에
시 쓰기를 했는데

애들이 쓰기 싫어서
난리를 쳤거든요.

시 쓰기

우우우~

우우우~

우우우~

수행평가도 아니어서 다들 한두 줄 휘갈기고 제출했는데

유나 혼자만 열심히 써서 냈더라니까요?

본인이 즐기는 게 느껴져서 좋더라고요.

아 찾았다!

제목이…

〈꿀타래〉였나?

저는 유나가
문예창작과 가면
잘할 것 같은데

정작 유나는
전문대 가고 싶다고
하더라고요.

학비도 저렴하고…
빨리 졸업하고
빨리 취직해서

엄마한테
도움 되고
싶다고.

가까운 게
최고잖아.

착한 딸
두셨어요.

터벅

터벅

엄마!

엄마는 네가
글 같은 거
안 쓰고

남들처럼
살았으면 좋겠다고
생각했어.

굳은살…

지금의 나라면

달랐을 텐데.

✿ 꿀타래

사글세 단칸방 살던 시절
엄마를 따라가다 손님이 바글바글한 가게를 보았다
사람들 틈 사이로 너덧 명의 아저씨들이 실타래를 잡아당기며
북을 치듯이 박자를 맞추어 쉰 목소리를 뽑아냈다

-한 가닥이 두 가닥, 두 가닥이 네 가닥… 팔천백구십이 가닥이
   만 육천삼백팔십사 가닥!
만 가닥의 꿀 실이 혀에 닿으면
달달한 회오리가 되어 사르르 휘감지 않을까
안 된다는 엄마 때문에
내 입은 입안 가득 꿀타래를 물고 있는 아이보다도 삐죽이 나왔다
엄마와 따로 앉아 가던 버스 안
차창에 부딪히는 바람이 내뱉던 소리를 들었다
엄마가 가난해서 미안해
말 없던 아이는 아무 말도 할 수 없었다

지금도 아주 가끔 꿀타래 가게를 지나간다
-한 가닥이 두 가닥, 두 가닥이 네 가닥…
어릴 적 녹음된 기억을 돌리듯
변하지 않는 중창 소리를 들을 때마다
나는 아이 되어
조금 운다

결혼은 사랑하는 사람과 하는 게 아니야 ☆

15화
☆

떠밀리듯 살아온 인생

이제라도 내 배의 주인이-

내가
될 수 있을까.

신혼집은
어디가 낫겠어?

응?

아무 일 없다는 듯
다시 원래대로 돌아간다.

본질을 회피한 채.

대출 끼면
집도 바로
살 수 있어.

30년은
갚아야겠지만
ㅋㅋㅋ

너는 나를…

사랑하니?

…

그럼, 사랑하지.

탁

유나 너 청약 통장 있다고 했지? 몇 년 부었어?

철민아.

난 아직 결혼한다는 말

한마디도 안 했어.

하… 기분 좋게 얘기하고 있는데

또 이러기야?

구렁이 담 넘어가듯 은근슬쩍 말고

진지하게 결혼하고 싶다고 얘기한 적 있어?

그렇게 나랑 결혼하고 싶으면

진심 어린 프러포즈라도 하든가.

나이가 찼으니까 결혼은 당연한 거지.

그리고 프러포즈는 결혼식 전에 어련히 안 하겠어?

설거지하듯이 결혼식 직전에 급하게 해치우기라도 하려고?

내 친구들은 그것도 안 했어.

귀찮은 거 해준다는 게 어디야.

뭐?

내면을 관찰하는 통로는 대화이지만

나는 너를
관찰하기가

외면하고 있던 어떤 것을
만나기가

무섭다.

피곤해 죽겠네.
또 싸웠잖아.

너는 나를…

사랑하니?

사랑이라….

몇 번의 연애를 했다.

솔직히 가장
사랑한 사람은…

스무 살에 만난 내 첫사랑

지혜.

지혜와 깨가 쏟아지게 연애했지만

군대 가자마자 헤어졌지.

피식

스물여섯 살에는 희진이를 만났다.

3년 동안 별 탈 없이 연애하다가

스물아홉이 되었을 때 삐걱거리기 시작했다.

철민아…

나 벌써
스물아홉이야.

우리 결혼 안 해?

난 아직
스물아홉밖에
안 됐는데?

결국 희진이와 나는 헤어졌고

서른 살에 유나를 만나게 되었다.

유나와 사귀는 동안

친구들은 하나둘 가정이 생겼고

희진

혼자 남은 나는
홀로 뒤처진 기분이 들었다.

내가 서른셋에
지혜를 만났다면
지혜와 결혼했을 거고

서른셋에
희진이를 만났다면
희진이와
결혼했을 거야.

유나는 왜 모를까.

결혼은
사랑하는 사람과
하는 게 아니라

결혼할 때
만난 사람과
한다는 걸.

박유나 주임이
지금 서른다섯인가?

서른셋이라고
몇 번이나
말씀드렸는데.

그거나
그거나.

또 회식이다.

남자친구는
몇 살인데?

아…
동갑이에요.

갈 만큼 먹었네.
결혼 얘기는 없니?

남자친구는
생각이 있는데
저는 아직….

280

☆

시집갈 수 있을 때 빨리 가라.

여자 나이 서른셋과 남자 나이 서른셋은

완전히 다르다고.

마치 나와…

그처럼.

말했잖아,

지는 해라고.

훌짝

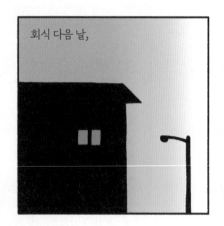

회식 다음 날,

며칠 동안의 과로 때문인지

꽁~

꽁~

꽁~

홍 팀장님 잔소리
때문인지

심한 몸살에
걸렸다.

오늘 주말이라
다행이야.

병원에 가야 할 것 같은데

돌아누울
힘도 없어….

철민이한테

연락을….

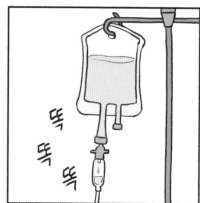

똑
똑
똑

유나야,
일어났어?

괜찮아?

으응….

다행이다,
걱정했어.

고마워….

결혼할 사람인데
당연하지.

결혼…

맞는 걸까.

하지만 나이가 들었을 때

아까처럼
돌아누울 힘도
없을 때

주위에 아무도 없을지도
모른다는 게…

무서워.

날 너무 사랑해서
결혼하려는 게 아니라

그저 결혼할 때 만난 사람이라서
결혼하는 거라는

이런 마음이
그에게서 느껴질 때의

그 상실감.

☆ 군중 속의 고독

16화

유나야,
죽 사 왔어.

맛있는 죽

주말 내내 철민이가
함께 있어 줬다.

고마웠다.

월요일 아침

주말 동안
푹 쉬었더니
괜찮아졌어.

어쩐지
아쉽네.

치카
치카

늘 그렇듯, 출근해서 일하고

타닥
타닥
탁탁

퇴근하면 시를 쓰고

사각
사각
사각

때때로 남자친구를 만났다.

너희 어머니가
서울에 사시면
좋았을 텐데.

애 낳으면
봐주셔야 하니까.

뭐?

우리 엄마가
애 봐주는 사람이야?

-라고 말하고 싶었지만
참았다.

꼴깍

꼴깍

태어날지 아닐지도 모르는
아이 때문에

또 싸우고
싶지 않아.

쌔근

쌔근

얼마 전 아이를 낳은 친구,
수아네 집에 놀러 왔다.

수아야, 아기
몇 개월 됐어?

SNS에서만 보다가
실물로 보니까
훨씬 더 잘생겼다 야.

벌써 반년 넘었어.
시간 빠르지.

얌전해서
키우기 좋겠는데?

293

키우기 좋긴, 밤에 잠을 안 자서 아주 죽겠어.

아 진짜? 우리 애도 그래.

다들 똑같구나.

친구들은 나 빼고 모두 유부녀다.

...

친구들이 다 애 엄마라니

우리도 나이가 들긴 들었네.

난 아직 아니거든.

결혼 전에는
결혼해라~ 결혼해라~
잔소리에 시달리다가

결혼하니까
애 낳아라~ 애 낳아라~
잔소리에
또 시달렸는데

드디어
해방이지 뭐.

맞아,
결혼과 육아는
인생의 숙제니까.

…친구들은

육아도 결혼도 하지 않는 내 앞에서

당연하게 인생의 숙제를 말한다.

숙제의 목록은

누가
정한 것일까.

그나저나
유나 너는
좋은 소식 없어?

맞아, 사귄 지
몇 년 됐잖아.

남자친구
A 기업
다닌다며?

정말?
박유나
땡잡았네.

철민아, 너는-

부
우

우리가
잘 맞는 것 같아?

우
웅

298

내가 물을 때마다

그는 언제나 머뭇거린다.

...

그게 뭐가
중요해.

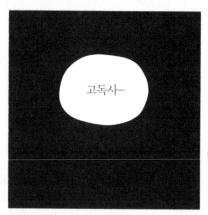

고독사 때문에
인생의 숙제 때문에

아이를
낳아야 한다는
말이…

불편하다.

쌔근
쌔근

아이는
생명인데….

애 낳으니까
돈이 줄줄 새서
아주 죽겠어.

우리도. 근데
시부모는 하나 더
낳으라고 난리야.

나는 요새
미치겠어,
남편 때문에.

육아하면서
직장 다니니까
눈치 보기도 지친다.

세상 살기
너무 힘들어.

속상함을 토로하던 친구들은
갑자기 나를 돌아본다.

☆ 어떤 사람은

어떤 사람은
힘들다며
나와 술잔을 기울이고

어떤 사람은
외롭다며
내 어깨에 기대는데

나는
누구와 술잔을 기울이고
누구에게 기대며

누구 앞에서
울어야 할까

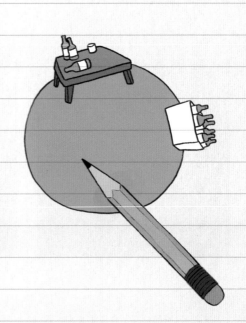

17화

그동안 감사했습니다.

조수아, 8개월 전

싹싹한 수아 씨가 오늘 마지막이라니 정말 아쉽네.

아이 잘 낳고 몸조리 잘하고.

출산일이 다가오자 퇴사했다.

덜컹-

덜컹-

이젠 아빠도 육아휴직 시대!

307

☆

이젠
아빠도
육아휴직
시대!

하아

자장자장
우리 아가~

하루만이라도
엄마 잠 좀 자자,
우리 아가~

쿨~ 쿨~

직장 다니기
힘드니까….

우리 아가,
아빠 일하러
갔다 올게~!

쪽

으앙

남편이 출근하면

나는 홀로 아이와 남겨진다.

으아

아앙

기저귀 갈고
모유 먹이고
아이 씻기고

빨래하고
청소하고
설거지하고

응애
응애
응애

이제 겨우 한숨 돌린다 싶으면…

벌써 해가 지네.

식사 준비
해야겠다.

우리 아가,
아빠 안 보고
싶었어?

쪽

으앙

피곤해서
입맛도 없다.

깨작
깨작

여보,
먼저 잘게.

남편과 함께 있을 때도

나는 홀로 아이와 남겨진다.

직장 다니기
힘드니까….

더 살찐 것 같아.
거울 보기 싫다.

예전엔 날씬했는데-

항상 사람들 속에

둘러싸여
있었는데.

남편과 결혼하기까지

고민이 많았다.

남편과 나는
솔직히 잘 맞지 않았다.

너무 다른 톱니바퀴를
갖고 있던 우리는

부딪칠 때마다
날카로운 소리가 났다.

하지만 함께하는 시간 동안

서로 다른 톱니를 맞춰 나갔다.

서로의 톱니가
부서지고 무뎌지며

힘겹게 맞춰 나간 것이다.

내가 선택한 길이지만
때때로

서글프다.

하지만 그때로 다시 돌아간다 해도

같은 선택을
했을 거야.

그와 헤어지고
새 연인을 찾기에는

새로운 연인과
부딪치고

부서지고

끝내 무뎌져야 하는
그 시간을

또 견딜 자신이
없었으니까.

SNS를 본다.

다들…

행복하구나.

나만 빼고.

☆

나는 발이 묶여서

집 밖으로 나가기조차 어려운데.

이렇게 사람들로부터

점점 멀어지는 걸까?

나는 혼자이지만

사람들에게는
행복한 채로 머물고 싶어.

아가야,
사진 찍자~

찰
칵

수아 너무 행복해 보여^^

꺅! 예쁜 아기랑 예쁜 수아
둘 다 너무너무 행복해 보인다!

수아 미모 여전하네!
행복해 보여서 좋겠다^^

수아 요즘 너무 행복해 보여서
나까지 기분이 좋네.

♡ Q ✈

180명이 좋아합니다

댓글 25개 모두 보기

나…
행복한 거

맞지?

내가 살아온 시간의 톱니바퀴가
그와 부딪치는 동안
서로의 톱니가 부서지고 무뎌져
끝내 잘 굴러가게 되었다.

하지만
톱니 없는 톱니바퀴는
톱니바퀴가 맞는 걸까.

가로등 같은 사람 ☆

18화 ☆

☆

친구들과 헤어지고

혼자가 되었다.

부우우웅

부르르르~

...

마음 맞는
친구…

아이도 없고 결혼도 하지 않은 나는

이야기에 낄 틈조차 없었다.

정말
친했었는데….

하 하 하

같은 추억의 길을 걷던
나와 친구들은

언제부턴가 조금씩
다른 방향으로 걷기 시작했고

각자의 시간이
흐르는 동안

두 길은
점점 더 멀어져갔다.

시간이 더 흐르면

아예 보이지 않을지도 몰라.

예전으로 돌아가기엔
너무 다른 시간을 걸었다.

…깨달았어.

마음이 맞지 않는 사람과 함께 있는 건

혼자보다 더 외롭다는

당연한
사실을.

골목에 들어섰다.

깜깜하다.

가로등은
언제 고쳐주는지.

달도 없는 밤

별은
잘 보이네.

어릴 적에는

어른이 되면

누구나
반짝이는 사람이
되는 줄 알았다.

당연히 그런 줄로만 알았다.

하지만 지금의 나는

그저 별의 반짝임을 돋보이게 할 뿐인

마치 깜깜한 밤 같은―

그런 어른이
된 것 같아.

엄마야!!!

찍찍찍

갑자기 너무 놀라서 그런지

헉 헉

헉헉헉

부스럭

순간
공포가
밀려왔다.

꽈악

발걸음을 재촉했다.

탁탁 탁 탁

탁 탁 탁

왜 이렇게 깜깜한 거야!

무서워….

탁 탁 탁 탁

팟

드디어 켜졌네…

가로등….

그저 작은 빛이 켜졌을 뿐인데
안심이 되었다.

하하하

별은
아닐지라도

뮤즈의 옷깃이

스칠 때가
있다고-

어쩌면
방금….

☆ 어느 가로등의 편지

사실은 달이 되고 싶었지

해 없는 밤
언제나 언제나
보름달 되어
정오의 태양처럼
골목골목
하얗게 물들이고 싶었지

하지만 그저 초라한 가로등
발밑에 간신히 빛을 떨구고
술 취한 나방객(客)을 맞이하며
그렇게 또 하루의 밤을 살아가네

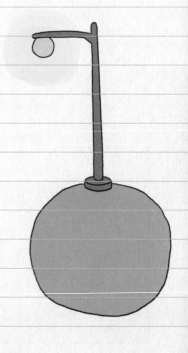

그래도 달 없는 밤
한 소녀가 어둠에 지쳐 있을 때
나방이 덕지덕지 붙은
나를 찾아준다면-

잘 보게나
나는 언제나 보름달이지 않은가

☆ 실패란 실패일까

19화

시 공모전 마감이 코앞으로 다가왔다.

마감 직전에야 겨우 제출할 수 있었다.

3주 후

어머,
어떻게 됐어?

어제 공모전
발표 났는데요.

떨어졌어요.

아….

열심히 노력했다고 해서

신춘문예
당선자 발표

딸깍
딸깍

반드시 이룰 수 있는 건 아니다.

신춘문예
당선자 발표

훌쩍

유나 주임 괜찮아?

처음에는 슬펐는데요-

다시 생각해보니 기뻤어요.

열정적이고 즐거웠던 시간을 보내는 동안

어린 날에 잃어버린 어떤 보물을 발견한 기분이다.

다시 뭔가를 시작할 수 있게 하는.

사각
사각

그리고

당장 떨어진 걸로
실패했다고 말하고 싶진
않아요.

실패로
일을 마무리하면
실패로 끝나는 거지만

실패가
앞으로의 삶에
거름이 된다면

실패가 아니라고
생각해요.

저는 앞으로도 계속
글을 쓰고 싶어졌거든요.

실패가
삶의 거름이라…

유나 주임
말이 맞아.

지금 당장
판단할 수 있는 건
아니지.

실패는
실패일 뿐이야.

이제 와서 말하지만,
날고 기는 사람들이
모두 지원했을 텐데

네가 어떻게
뽑히겠어.

지글

지글

결혼 준비만
늦어졌잖아.

시간 아깝게.

…3년의 연애

우걱
우걱

이 사람과 헤어지면 외롭겠지.

하지만 이 사람과 평생 함께한다면

평생 외로울 거야.

잘 안 맞아도 그러려니 하고 사는 게

당연한 거 아니야?

결혼과 육아는
인생의 숙제니까.

여자 나이 서른셋과
남자 나이 서른셋은

완전히
다르다고.

지는 해야.

앞으로 결혼의 기회는
점점 더 줄어든다.

그렇지만…

두 달 전쯤엔가

시간 내서
벚꽃놀이 가자고
네가 그랬었잖아.

그랬었나?

주위를 봐.

벚꽃이 졌어.

내 마음도 졌어….

마음을 돌리려는
약간의 벨 소리 이후−

♥철미니♥

연애는 끝났다.

그래도
나쁜 애는
아니었는데….

맹숭맹숭한 연애라도
이별의 후폭풍은 어쩔 수 없었다.

다시
연락해볼까….

안 돼, 안 돼!

찰싹

찰싹

당연히 결혼할 줄
알았는데ㅠㅠㅠ

바로 소개팅 잡자
우리는 하루하루가
아까운 나이라고ㅠ

동감ㅠㅠㅠㅠ

친구들은 다른 의미로
안타까워하는 것 같았다.

그리고 한 달 후

끼익

양꼬치~

정말 오랜만에 포장해서 먹네.

나는 잘 지내고 있다.

철민이 덕분에 양꼬치를 처음 먹어봤었지.

그 애는 포장을 싫어해서 거의 밖에서만 먹었지만.

…결국 결혼하지 않은 연애는 모두

실패한 걸까?

만약 연애의 의미가

타인과의 만남을 통해

나 자신을 더 잘 알아가는 과정에 있다면

연애의 의미는 언제나
'성장'일 텐데.

철민이 덕분에
양꼬치를 좋아하는 나를
발견했는걸.

음...
역시~

양꼬치는
집에서 편하게 먹는 게
최고야.

나의 실패가
실패인지 아닌지
지금 당장 판단해서는 안 된다.

실패로 일을 마무리한다면
실패는 실패로 끝나겠지만

실패가
앞으로의 삶에 거름이 된다면
실패의 의미는
'성장'일 테니까.

☆ 자신의 길 위에서 나를 사랑하기

20화

5개월 뒤

다시 겨울이네.

뽀득 뽀득

앗, 차가워.

주륵

눈이 녹으니…

눈물이 되는구나.

☆

집에 돌아오면 시를 쓰고

사각
사각

SNS에 올린다.

찰칵

📷 SNS

twinkle-youna.***

차가운 눈송이는
따뜻한 물방울 되어
볼을 따라 흐른다

눈물이다

눈물은 왜 따뜻한가

공감…

작가님 시 계속 읽고 있는데
너무 공감이 가네요.

마음이 따뜻해지면서도
어쩐지 슬퍼지는 기분ㅠ

작가님 글들이 제 일기 같아서
공감됩니다. 다음 글도 어서
올려주세요!

얼굴도 모르는 사람들이
내 글에 공감하는 게 신기했다.

정작 오랫동안 알던 사람과는
참 어려웠는데.

공감하지 않더라도
공감하는 척할 수 있는 세상 속에서

내 글이 사람들 마음에
진심으로 닿았으면 좋겠다.

유나야!

아!

미경 대리님, 오랜만이에요!

또 대리님이라고 부른다!

미경 대리님은 퇴사했다.

언니라고 부르라니까.

사직서를 제출하러 가던 날, 미경 대리님의 다른 손에는

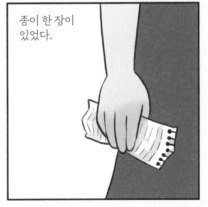

종이 한 장이 있었다.

저 종이는
설마….

내 말 안 믿지?
근데 나는 진짜
할 거라고~

종이에
전부 쓴 다음에
또박또박
읽어내려갈 거야.

홍 팀장이
뭘 잘못했는지!

벌
떡

벌써
들어갔어.

362
☆

홍 팀장님 성격에 완전 싸움 나겠어.

그런데…

…?

조용~

잠잠했다.

미경 대리님이 어떤 말을 하고
떠났는지는 모르겠지만

홍 팀장님,
말씀하신 서류
끝났어요.

매번 늦는 게
취미…

…아니다.
고생했어.

홍 팀장님은 아주 조금씩
달라지고 있다.

고생했다는
말을 듣다니.

어쩌면 그녀도
달라질 계기가 필요했는지 모른다.

그녀를 무서워하거나 험담하는
사람들이 아니라

솔직한 대화를 나눌 수 있는
사람을 통해.

자…

유나가
부탁한 그림!

우와,
정말 예뻐요!

엄마가 무척
좋아할 것 같아요!

미경 대리님은 퇴사한 뒤
다시 미술을 시작했다.

낮에는
문화센터
뛰어다니면서
출강하고

인터넷으로
초상화 주문도
받는 거지.

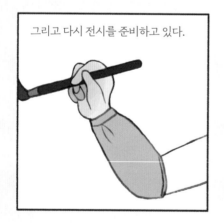

그리고 다시 전시를 준비하고 있다.

아늑하고 따뜻한
'집'이라는 작업실에서.

일은 안 힘들어요?

힘들어 죽겠어!

수강생 못 모을까 봐 걱정에다가

초상화 요구 사항들은 또 얼마나 많은지.

다 돈이 문제라니까.

하지만

그래도 좋아.

그녀의 미소가 반짝거린다.

367

☆

저도 계속
글을 쓰다 보면

언젠가
미경 대리님처럼
될 수 있겠죠?

유나야,
내가 말 안 했던가?

내가 다시
미술 시작한 거—

유나,
네 덕분이라고.

순간…

집 앞 가로등이 떠올랐다.

고마워요, 미경 대리님.

언니라고 부르라니까~

언… 언…

입에 안 붙어서 도저히 못 부르겠어요.

챗ㅋㅋ

글썩 글썩

그나저나 유나 어머니는 기타 배우시나 봐?

멋있으시다.

오늘 엄마 기타 동호회 공연하는 날이거든요.

선물 드리려고 급하게 부탁한 거였어요.

우와~ 공연? 나도 가도 돼?

서울에서 좀 먼데 괜찮으세요?

나 오늘 자유부인 이거든.

있잖아요,
그 애…

결혼했대요.

뭐?!

너랑 헤어진 지
반년도 채 안 돼서?

그렇게 될 것
같았어요.

어느 순간
깨달아버렸거든요.

우리는 맞지 않는다는 걸.
마음이 식었다는 걸.

알면서도 함께하려고 한다는 걸.

그때는 우리 마음을
들여다보려고
하지 않았었는데…

헤어지고 나니까
잘 헤어졌다는
생각이 들어요.

저는 결혼과
맞지 않는 사람
같기도 하고….

유나야,
나는 자세한 건
모르지만

그 사람과
맞지 않는 것과
결혼이
맞지 않는 건

전혀 다른
문제일 수 있어.

기타 공연은 작은 카페에서 진행되었다.

이 곡은…

지난번 들었던 <황혼>이다.

얼마나 연습했는지-

그때보다 훨씬 더 잘한다, 우리 엄마.

유나 어머니 진짜 멋있다!

그렇죠!

짝짝

짝짝

짝짝

짝짝짝

마지막 연주자는…

엄마가 말했었던

8학년 2반 어르신.

코드를 바꿀 때마다
둔탁한 소리가 났고

음은 계속
뚝뚝 끊어졌다.

377

나도 저렇게-

멋지게
나이 들어가고
싶어.

저도요.

뭐야, 이게?

미경 언…니가 홍 팀장님께 전해달라고 했어요.

언니? 언니는 무슨….

덜컹-

덜컹-

채팅

홍진숙 팀장님

웃는 얼굴…

예쁘네.

해가 진다.

예쁘다.

☆ 겨울은 봄을 안고 있다

눈이 내린다
오억 개의 별처럼 반짝거리는

눈이 쌓인다
사하라 사막에 모래가 쌓이듯

눈길을 걷는다
어린 왕자와
마음이 어린 조종사가
우물을 찾아 밤길을 걷듯

눈을 맞는다
함께 눈을 맞는다

삶의 가장 큰 위로는
우산을 씌워주는 것보다
때로는
함께 눈을 맞는 것

우리의 볼에 떨어진
차가운 눈송이는
따뜻한 물방울 되어
볼을 따라 흐른다

눈물이다

눈물은 왜 따뜻한가
삶은 왜 아름다운가

겨울은 봄을 안고 있다

작가의 말

《인생의 숙제》를 끝냈을 때, 문득 여행에서 돌아온 듯한 기분이 들었습니다.
아주 익숙한 동네를 몇 번이고 다시 거닐며 오래전 발걸음을 되새김질하는
그런 느낌의 여행.
나이를 먹어갈수록 우리 어깨엔 삶이 내준 숙제가 시나브로 쌓여갑니다.
홀가분하게 떠나는 여행자처럼 풀기 어려운 숙제도 훌훌 털어낼 수 있다면
얼마나 좋을까요.
어른들은 수학 공식을 외우듯 잘 사는 인생의 공식을 말하곤 하지만,
현실의 삶 속에 공식이 있다고는 생각하지 않습니다.
사람들은 그저 자신이 걸어온 길, 앞으로 걸어갈 길에서
자신의 답을 찾아갈 뿐입니다.
흔들리면서도 걸어가는 삶의 발걸음을 따뜻한 시선으로 그리고 싶었습니다.

P.S.
박유나의 성, 박 씨의 어원은 '밝다'라고 합니다.
You, 때때로 작은 위로가 필요한 사람들과
나의 삶 모두 꺼지지 않는 가로등처럼

반짝반짝 빛났으면 좋겠습니다.

감사합니다.

만화가 **백원달**

인생의 숙제

1판 1쇄 인쇄 2020년 11월 16일
1판 7쇄 발행 2024년 7월 30일

지은이 백원달

펴낸이   김봉기
출판총괄   임형준
편집   김현경
디자인   김희림
마케팅   선민영, 조혜연, 임정재

펴낸곳   FIKA[피카]
주소   서울특별시 서초구 서초4동 서초대로77길 55, 9층
전화   02-3476-6656
팩스   02-6203-0551
이메일   book@fikabook.io
등록   2018년 7월 6일 (제 2018-000216호)
ISBN   979-11-90299-16-9 03810